28 Décembre 87.

VENTE DES MERCREDI 28 ET JEUDI 29 DÉCEMBRE 1887

HOTEL DROUOT, SALLE N° 7

A DEUX HEURES

JOLIE RÉUNION

D'OBJETS D'ART

DE

L'EXTRÊME-ORIENT

Émaux cloisonnés, Bronzes, Porcelaines, Laques
Ivoires, Meubles, Bois sculptés
MAGNIFIQUES ÉTOFFES, TENTURES BRODÉES
Tableaux anciens
Porcelaines de Saxe — Bronzes — Faïences
Meubles style Renaissance
Tapisseries
Argenterie, Bijoux, Objets de vitrine.

Me G. BOULLAND
COMMISSAIRE-PRISEUR
26, rue des Petits-Champs, 26

M. A. BLOCHE
EXPERT
23, rue Chauchat, 23

EXPOSITION PUBLIQUE

Le Mardi 27 Décembre 1887, de 2 h. à 6 h.

CATALOGUE

D'UNE JOLIE RÉUNION

D'OBJETS D'ART

DE

L'EXTRÊME-ORIENT

Pièces importantes en émail cloisonné ancien de Chine
Bronzes japonais, Ivoires
Porcelaines de la famille verte et de la famille rose
Poterie, Grès, Échantillons, Laques fines
Meubles en bois sculpté et incrusté

MAGNIFIQUES ÉTOFFES & TENTURES BRODÉES

TABLEAUX ANCIENS

Porcelaines de Saxe et d'Allemagne

MEUBLES STYLE RENAISSANCE

Tapisseries

Bijoux, Objets de vitrine
Faïences, Bronzes, Curiosités diverses

DONT LA VENTE AURA LIEU

HOTEL DROUOT, SALLE N° 7

Les Mercredi 28 et Jeudi 29 Décembre 1887

A 2 HEURES

Me G. BOULLAND	**M. A. BLOCHE**
COMMISSAIRE-PRISEUR	EXPERT
26, rue des Petits-Champs, 26	23, rue Chauchat, 23

EXPOSITION PUBLIQUE

Le Mardi 27 Décembre 1887, de 2 heures à 6 heures

CONDITIONS DE LA VENTE

Elle sera faite au comptant.

Les adjudicataires payeront *cinq pour cent* en sus des enchères.

L'Exposition mettant le public à même de se rendre compte de l'état des objets, il ne sera admis aucune réclamation une fois l'adjudication prononcée.

Paris. — Imprimerie de l'Art, 41, rue de la Victoire.

DÉSIGNATION DES OBJETS

OBJETS
DE
L'EXTRÊME-ORIENT

ÉMAUX CLOISONNÉS, BRONZES

1 — Grand et beau brûle-parfums tripode en ancien émail cloisonné de Chine, décoré de grecques et de branchages fleuris en couleur sur fond bleu turquoise, couvercle dômé couronné par un gros bouton et anses en forme de crosses.

2 — Très belle et grande jardinière ovale en émail cloisonné de Chine, décorée de parterres de fleurs et de papillons en couleur sur fond bleu turquoise, avec monture en bronze noirci et frotté dans le style chinois.

3 — Grande et belle bonbonnière en émail cloisonné de Chine à médaillons et dessin polychrome.

4 — Grande jardinière rectangulaire en bronze, avec dragons se détachant en bas-relief et anses à têtes chimériques.

5 — Jardinière rectangulaire en bronze avec anses à têtes chimériques.

6 — Paire de lampes de Satzuma, riche décor à rehauts d'or, montures en bronze doré.

7 — Paire de belles lampes en émail cloisonné, fond bleu oiseaux et feuillages, monture en bronze dans le style chinois.

8 — Paire de jolis vases en émail cloisonné de Chine, fond bleu turquoise, avec fleurs et oiseaux en couleur.

9 — Paire de vases en émail cloisonné de Chine, décor à fleurs et oiseaux en couleur sur fond bleu turquoise.

10 — Très beau vase en ancien émail cloisonné

de Chine, décor à rosaces, feuillages et chauve-souris en couleur sur fond bleu turquoise, avec anses à têtes chimériques en bronze doré.

11 — Deux grandes coupes en bronze, décor niellé d'or, avec montures au dragon dans le style chinois.

12 — Belle garniture de cheminée, composée d'un groupe de personnages surmonté d'une pendule forme sphérique, et deux lampes en bronze du Japon montées en bronze dans le style japonais.

13 — Quatre statuettes équestres en bronze du Japon formant cassolettes.

14 — Divinité en bronze ancien de l'Indo-Chine.

15 — Joli brûle-parfums rectangulaire en ancien émail cloisonné de Chine, monté en bronze, couronné par une chimère.

16 — Deux grands brûle-parfums en bronze japonais décorés de reliefs.

17 — Deux grues en bronze ancien du Japon.

18 — Vase avec anses à têtes d'éléphants.

19 — Jardinière tripode avec dragons se détachant en haut-relief.

20 — Vase ancien, décoré de trois frises cloutées et grecques.

21 — Théière en fer ancien du Japon.

22 — Petit vase, anses à têtes chimériques.

23 — Vase à deux anses avec dragons frottés sur la panse.

24 — Vase ancien décoré de lambrequins.

25 — Vase à col allongé, décor forme bateau.

26 — Flambeau formé par un cheval.

27 — Coupe bronze ancien.

28 — Vase allongé, gorge forme plateau.

29 — Petit vase, dessin gravé. Travail ancien.

30 — Vase orné de saillies et d'incrustations de fer.

31 — Petit plateau rond en ancien émail cloisonné de Chine, décor arabesques de fleurs.

32-33 — Deux paires de flambeaux en ancien émail cloisonné de Chine, formés d'oiseaux perchés sur plateaux.

34 — Paire de petits vases d'applique en émail cloisonné de Chine, fond bleu turquoise.

PORCELAINES DE CHINE ET DU JAPON

35 — Paire de belles potiches en vieux Chine, fond quadrillé rose, avec fleurs et feuillages en émaux de couleur.

36 — Paire de vases avec couvercles en vieux Chine, famille verte, décor mandarins dans des paysages.

37 — Paire de jolies potiches avec couvercles, riche décor de la famille verte à personnages et paysages.

38 — Joli vase céladon, décor gravé sous couverte.

39 — Bouteille vieux Chine, décor rouge flambé.

40 — Jardinière en ancienne porcelaine de Chine, fond blanc, décorée d'un animal fantastique et de fleurs en polychrome.

41 — Jardinière en ancienne porcelaine de Chine jaune impérial, décorée de dragons, de fleurs et de branchages.

42 — Jardinière en ancienne porcelaine de Chine, fond blanc, décorée de chimères et de fleurs en polychrome.

43 — Deux bols en ancienne porcelaine de Chine jaune arlequin, décor fleurs.

44 — Grand bol en Chine Kien-Long, décor à médaillons de fruits et feuillages.

45 — Bol vieux Chine, fond vert, avec fleurs en réserve, violet et jaune.

46 — Bol de Chine famille rose, décor pivoines et feuillages.

47 — Potiche avec couvercle de vieux Chine, décor personnage sur chimère et porte-étendard.

48 — Corbeille de l'Inde ancienne, décor ajouré.

49 — Paire de cornets en vieux Chine, couverts d'arabesques en émaux de couleur.

50 — Cornet en vieux Chine, famille verte, décor fleurs et feuilles d'eau.

51 — Cornet vieux Chine, famille verte, décor paysages et fleurs.

52 — Deux bouteilles de Chine, couleur orange.

53 — Potiche en vieux Chine, famille rose, décor à grandes fleurs et feuillages.

54 — Vase en vieux Chine, famille rose, décor bouquets de pivoine.

55 — Jardinière de Chine, fond à carrelages avec médaillons.

56 — Bassin de Chine, fond bleu fouetté, dessin à rehauts d'or.

57 — Beau cornet en vieux Chine, décor à paysages avec écureuil.

58 — Jardinière cylindrique, décor en relief à paysage.

59 — Joli cornet en ancien blanc de Chine, décor gravure sous couverte.

60 — Deux potiches vieux Chine, décor chimères et arabesques de fleurs.

61 — Joli brûle-parfums, formé par trois têtes d'éléphants couronnées par une chimère, décor bleu à rehauts d'or.

62 — Vase à quatre faces en céladon, anses à jour.

63 — Gourde en vieux gris craquelé de Chine.

64 — Figurine d'enfant vieux Chine, famille verte.

65 — Vase en vieux céladon à quatre faces, décor médaillons quadrillés.

66 — Vase en vieux Chine, décor gris-bleu avec légende rehaussée d'or.

67 — Gourde à panse aplatie, décor personnages dans des jardins.

68 — Paire de très jolis vases du Japon, décor à éventails en relief et à rehauts d'or.

69 — Paire de jolis vases de Satzuma, décorés de médaillons à personnages à rehauts d'or.

70 — Deux grandes vasques en porcelaine du Japon, décorées de médaillons au dragon, fond à parterre de fleurs.

71 — Paire de chimères vieux Chine flambé rouge.

72 — Vase en Japon, à anses, fond blanc, décoré de dragons et d'oiseau.

73 — Paire de vases octogones en vieux Chine, fond vert à jour, avec figures Chinois et Chinoises, fleurs et arabesques.

74 — Grande bonbonnière ronde en vieux Chine, décor bleu sur blanc.

75 — Paire de grands vases de Satzuma, forme cylindrique, décor à rehauts d'or.

76 — Paire de vases en Satzuma, décor partie émaillée et partie sur fond mat.

77 — Deux grands vases de Satzuma, décor à personnages fabuleux, partie rehaussée d'or.

78 — Paire de vases de Kanga, décor rouge et or.

79 — Jardinière en vieux Chine, décor au dragon.

80 — Deux brûle-parfums en Satzuma.

81 — Cantine du Japon, décor polychrome à rehauts d'or.

82 — Figurine de Chine : Personnage tenant un marteau et un fruit à la main.

83 — Statuette en grès : Homme assis près d'un sac.

84 — Figurine de guerrier debout en grès.

85 — Groupe de trois Chinois à riches costumes émaillés.

86 — Paire de vases en terre émaillée, décor en relief, fleurs et feuillages.

87 — Plat en vieux Kanga, décor à fleurs et oiseaux.

88 — Plat en vieux Chine, décor à vases et jardinières fleuris; bordure imbriquée de bleu barbot.

89 — Plat en céladon gravé sous couverte.

90 — Plat en vieux Chine, famille verte : Personnage dans un paysage.

91 — Grand et beau plat en vieux Japon, riche décor polychrome.

92 — Grand et beau plat en vieux Chine, famille rose, décor paysage et lambrequins.

93 — Plat en vieux Chine, famille rose, décor à fleurs.

94 — Plat en vieux Chine, décor à fleurs, rehaussé d'or.

95 — Plat en vieux Chine, décor bleu à personnage.

96 — Plat en vieux Japon, décor à fleurs et lambrequins en polychrome.

97 — Coupe en grès émaillé, décor flambé.

98 — Petit plateau en terre de Boccaro, décor très fin au dragon.

LAQUES

99 — Très joli tabacoban forme bateau, en laque fine du Japon aventuriné d'or, avec tiroirs à compartiments, s'ouvrant dans la cale.

100 — Belle cantine en laque fine du Japon, dessin à fleurs et feuillages en or sur fond aventurine.

101 — Tabacoban en bois de Teck laqué, à rehauts d'or, avec monture argentée.

102 — Jolie boîte dite cantine, forme octogone, en ancienne laque d'or, dessin à fleurs et feuillages.

103 — Boîte à mouchoirs en laque aventurine, décor à volées d'hirondelles à rehauts d'or.

104 — Boîte à écrire en laque aventurine fond noir, dessin rehaussé d'or.

105 — Boîte à écrire en laque noir, dessin à rehauts d'or.

106 — Boîte à mouchoirs en bois sculpté, représentant un paysage montagneux.

107 — Boîte à écrire en bois sculpté, intérieur laqué aventuriné d'or.

108 — Tabacoban en laque noir, décor fleurs et bambou à rehauts d'or, monture argentée.

109 — Cinq trousses de médecin en laque fine, décor varié.

110 — Boîte rectangulaire en laque d'or dessus, représentant une nuée d'hirondelles.

111 — Boîte octogone en laque noir, décor quadrillé rehaussé d'or.

112 — Deux boîtes à gants en laque : l'une, fond rouge; l'autre, fond noir, à rehauts d'or.

113 à 115 — Sept coupes en laque rouge, à rehauts d'or. (Sera divisé.)

116 — Boîte rectangulaire en laque aventurine, décor à rehauts d'or à la chimère.

117 — Grande théière en ancienne laque rouge de Chine.

118 — Bonbonnière en laque noir, intérieur avec rosace rehaussée d'or.

119 — Plateau carré en laque noir, décor rehaussé d'or.

120 à 125 — Plusieurs petites boîtes en laque noir, décor or. (Sera divisé.)

126 — Plateau rectangulaire et creux, fond aventurine, dessin à rehauts d'or.

127 — Boîte à compartiments en laque brune tachetée d'or.

128 — Cantine en laque fond noir, à rehauts d'or, dans une enveloppe laquée.

129 — Joli petit cabinet en bois de Teck, rehaussé de laque d'or et d'applications de burgau.

130 — Petite pagode en laque rouge, avec divinité en bois sculpté à l'intérieur.

**

BOIS SCULPTÉS, MEUBLES

131 — Grand et curieux groupe représentant un dragon s'enroulant autour d'un sabre qu'il retient dans sa gueule, posé sur un rocher en bois sculpté, rehaussé de peintures et de dorure. Travail japonais.

132 — Statuette de guerrier en bois sculpté et peint. Travail japonais.

133 — Statuette de philosophe assis, en bois sculpté et laqué.

134 — Divinité assise en bois sculpté et laqué.

135 — Table carrée en bois de fer sculpté ; dessus en marbre.

136 — Deux tables-supports carrées en bois de fer sculpté, avec dessus de marbre.

137 — Support à étagère carré en bois de fer incrusté de burgau, et dessus en marbre.

138 — Petit écran en bois de fer sculpté.

139 — Meuble-étagère en bois de fer sculpté.

140 — Petite étagère en bois de fer sculpté.

141 — Deux pots à tabac en bois sculpté, décor à figures et paysages en haut-relief.

142 — Jolie table à thé en bois sculpté, décor laqué, à rehauts d'or dans le goût japonais.

143 — Deux panneaux pour meubles en bois du Japon, ornés d'applications de laque, d'ivoire et de burgau, dessin à fleurs.

OBJETS DIVERS

144 — Joli brûle-parfums tabacoban en argent repoussé et ciselé, avec anses à papillons. Travail japonais.

145 — Jeu d'échecs en ivoire.

146 à 150 — Plusieurs petits vases et potiches, fond d'or, filigranés et émaillés. (Sera divisé.)

151 à 155 — Petites boîtes en bronze japonais ciselé, de formes variées. (Sera divisé.)

156 — Figurine en pierre de lard.

157 — Groupe en pierre de lard ; socle en bois sculpté.

ÉTOFFES

158 — Très beau couvre-pieds en satin jaune impérial, richement brodé de rosaces et de fleurs, bordé d'une frange de soie.

159-160 — Deux grandes et belles portières en satin rouge, richement brodées de personnages, d'oiseaux fantastiques et de fleurs.

161 — Couvre-pieds en drap rouge, brodé de cigognes aux ailes déployées, et jardinières de fleurs.

162 — Jolie portière en satin rouge, richement brodée de personnages et de fleurs en soie de toutes couleurs.

163 — Panneau de tenture en soie rouge, offrant en broderie, au milieu de nuages, une légende avec oiseaux de paradis et dragons en soie de toutes nuances.

164 — Quatre pentes en satin rouge, richement brodées de jardinières, de roses, de fleurs et d'oiseaux.

165 — Quatre pentes en satin rouge, brodées de rosaces et d'arabesques en soie bleue.

166 — Costume de Chinoise, composé d'un pantalon en soierie rose, une jupe marron ornée de broderie et une veste en satin gros bleu, brodée à fleurs.

167 — Casaque en satin bleu turquoise, richement brodée d'or et de soie.

168 — Deux carrés avec bandeau en satin brodé.

169 — Robe en soie noire, brodée de Chine.

170 à 174 — Douze panneaux en satin brodé. (Sera divisé.)

175 — Deux paravents en satin brodé. (Sera divisé.)

176 — Coupe de soierie rouge brochée à fleurs.

177 — Quatre écharpes en soierie brochée rose et blanc ; costumes de femmes birmanes.

178 — Très beau couvre-lit en soierie gros bleu, richement brodé d'oiseaux de paradis, d'autres volatiles et de fleurs en soie de toutes nuances doublée de soie rose.

179 — Couvre-lit en crêpe de Chine tout brodé, garni d'une frange de soie, avec boîte en laque de Chine.

180 — Belle portière de mosquée.

181 — Portière ancienne de Karamanie.

182 — Portière de Karamanie en poil de chèvre.

183 — Portière à bande brodée ancienne et très fine.

184 — Tapis ancien de Boukhara.

TAPISSERIES

185 — Tapisserie à personnages avec sa bordure.

186 — Tapisserie-verdure avec bordure.

187 — Tapisserie-verdure avec animaux.

188 — Tableau en tapisserie : Tête de femme ; cadre ancien en bois sculpté et doré.

189 — Tableau en tapisserie : Tête de jeune femme, avec cadre en bois sculpté. Louis XIV.

190 — Tableau en tapisserie représentant un Chasseur et son chien, avec bordure en bois sculpté. Louis XIV.

191 — Deux tapisseries dites verdures avec bordures.

TABLEAUX

192 — **École française**. Portrait de femme, costume Louis XVI.

193 — **École française**. Portrait d'homme.

194 — **Greuze** (D'après). Tête de jeune fille.

195 — **Greuze** (D'après). La Récureuse.

196 — **Gérard** (Baron). Triomphe de Vénus.

197 — **Pagès**. Le Serment d'amour. Miniature sur cuivre.

198 — **Pagès**. Villes au bord de la mer. Deux pendants sur cuivre.

199 — **École française**. Portrait de femme en robe noire décolletée.

200 — **Rubens** (D'après). Le Jugement de Pâris.

PORCELAINES DE SAXE ET D'ALLEMAGNE

201 — Grande et belle paire de vases en porcelaine de Saxe décorée de sujets Watteau, à anses têtes de boucs, couvercles et socles ornés de fleurs en relief.

202 — Deux vases-potiches à couvercles, fond bleu et fleurs, décorés de sujets Watteau.

203 — Deux grands plats ronds en porcelaine de Saxe, décorés de bouquets de fleurs sur fond blanc.

204 — Encrier à deux godets et plateau en porcelaine de Vienne, fond couleur à rehauts d'or.

205 — Paire de cache-pots à bords d'osier, décorés de bouquets de fleurs, à anses contournées et fleurs en relief.

206 — Deux feuilles à anses et bouquets de fleurs.

207 — Six petites figurines ailées, sujets divers.

208 — Deux tasses à couvercles, fond or, à sujets Watteau.

209 — Deux sucriers blancs décorés de bouquets de fleurs.

210 — Grande jardinière haute à grands bouquets et anses décorées.

211 — Deux petits vases à couvercle ajouré, à décor de personnages.

212 — Soupière ronde à couvercle, décorée de sujets Louis XV et fleurs, bord osier.

213 — Deux tasses hautes à deux anses et couvercles, sujets marins, et soucoupes ajourées.

214 — Petite corbeille ovale quadrillée à jour et à anses détachées.

215 — Encrier en porcelaine de Saxe, à deux godets, sur plateau décoré de fleurs.

216 — Deux petits vases-potiches en porcelaine de Saxe, à sujets marine.

217 — Paire de bouteilles carrées à long col, décorées de personnages, et fond vert d'eau.

218 — Cabaret à pans en porcelaine de Saxe, composé de six pièces, décoré d'amours en camaïeu rouge sur fond jaune.

219 — Marronnier ayant la forme d'une marmite sur plateau.

220 — Petit bouillon à couvercle, décoré de sujets Berghem.

221 — Boîte à deux tabacs, décorée de sujets champêtres.

222 — Flacon plat à long col, en porcelaine de Saxe, décoré de sujets Watteau.

223 — Flacon de forme contournée, à personnages Louis XV.

OBJETS D'ART ET D'AMEUBLEMENT

224 — Joli petit meuble en noyer sculpté. Style XVIe siècle.

225 — Joli petit coffret en ivoire sculpté, orné d'émaux peints. Style XVIe siècle.

226 — Coupe en argent repoussé et doré.

227 — Bas-relief en argent repoussé, représentant Saint Jérôme au pied de la croix. XVIIe siècle.

228 — Petite boîte en argent repoussé et doré.

229 — Broche en or, améthystes et demi-perles.

230 — Broche en or formée par une pièce ancienne.

231 — Broche en or, forme nœud de ruban.

232 — Pendule en marbre, forme rocher.

233 — Service de table en porcelaine.

234 — Deux bouteilles en porcelaine fond vert, à fleurs et oiseaux.

235 — Assiette en vieux Chine, coquille d'œuf.

236 — Petite colonne Trajane en marbre rouge antique.

237 — Statuette de femme en bronze.

238 — Beau marteau de porte en bronze : le Triomphe de Neptune.

239 — Canne-jonc montée en or.

240 — Peinture sur plâtre : Tête de chérubin, encadrée.

241 — Cartel en faïence du Midi, forme rocher, décor polychrome.

242 — Bouteille de Delft, décor bleu.

243 — Bonbonnière en ivoire, avec miniature sur le couvercle.

244 — Couteau et fourchette en nacre et fer.

245 — Deux plats en vieux Japon polychrome.

246 — Deux assiettes de Marseille, décor à fleurs.

247 — Poêlon en vieux Saxe avec couvercle, décor à fleurs, style chinois.

248 — Tasse et soucoupe de Sèvres moderne, gros bleu vermiculé d'or avec médaillons à sujets champêtres.

249 — Magot en jade gris de Chine.

250 — Couteau et fourchette, avec manches de Chantilly.

251 — Pipe, décor au coq.

252-253 — Deux éventails de fantaisie.

254 — Buste de femme en terre cuite.

255 — Deux cornets faïence barbotine.

256 — Deux vases en faïence décorés de fleurs en relief.

257 — Jardinière en faïence.

258 — Vide-poche en faïence.

259 — Panier en faïence.

260 — Crucifix en bois sculpté avec cadre forme ogivale.

261 — Petit Christ en bronze émaillé.

262 — Boîte de thé en bois de sandal sculpté. Travail de Bombay.

263 — Vase à quatre faces, bronze ancien de Chine, avec dragons et caractères en bas-relief.

264 — Écritoire formée par un personnage sur un dauphin chimérique, en bronze.

265 — Petit tube en ivoire finement sculpté à jour à figures et arabesques. Travail japonais.

266 — Vingt-trois sujets en ivoire sculpté. Travail japonais.

267 — Trois sujets, bois sculpté. Travail japonais.

268 — Petite ruche minuscule en bronze.

269 — Trousse de médecin en laque aventuriné du Japon.

270 — Petite trousse en bois sculpté du Japon.

271 — Quatre petites gourdes minuscules en porcelaine du Japon, décor bteu.

272 — Six gardes de sabres japonais.

273 — Grande étagère en chêne.

274 — Paravent japonais.

275 — Deux grands et beaux vases en porcelaine de Saxe, à fleurs en relief, avec couvercles surmontés d'oiseaux.

276 — Deux grandes chimères en bronze du Japon, formant flambeaux.

277 — Deux lampes montées en bronze.

278 — Buste de fillette en terre cuite.

279 — Groupe de fillettes en terre cuite.

280 — Tête-à-tête et son plateau en porcelaine de Saxe.

281 — Boîte en marqueterie de Bombay.

282 — Grand plateau en laque du Japon.

283 — Galerie de foyer, style Louis XVI, en bronze.

284 — Deux salières en argent. Époque Louis XVI.

285 — Deux vases cloisonnés.

286 — Deux vases filigranés.

287 — Deux groupes en porcelaine allemande.

288 — Groupe en biscuit de Tournay.

289 — Plat italien à reflets métalliques.

290 — Plat dans son cadre.

291 — Écritoire en émail.

292 — Deux bouteilles en porcelaine de Dresde.

293 — Philosophe en bronze.

294 — Deux ibis.

295 — Différentes bonbonnières.

296 — Brûle-parfums en émail cloisonné de Chine, avec couvercle.

297 — Grand éléphant en émail cloisonné de Chine.

298 — Grand plat en émail cloisonné de Chine.

299 — Beau meuble en bois de fer ancien.

300 — Petit meuble avec plaque ancienne.

301 — Grand bassin de Chine.

302 — Grand bassin de Chine.

303 — Boîte en laque fine avec tiroirs et compartiments.

304 — Grande boîte en laque.

305 — Boîte en laque fine.

306 — Cantine en laque fine du Japon.

307 — Cantine en laque fine du Japon.

308 — Grand et beau jeu d'échecs en ivoire.

309 — Petit jeu d'échecs en ivoire.

310 — Petit meuble en ivoire avec incrustations.

311 — Paravent en bambou. 

BIJOUX

312 — Six épingles or avec perles fines.

313 — Quatre boutons de chemise et de col en or émaillé.

314 — Petite montre de dame en or à remontoir.

315 — Autre petite montre en or.

316 — Cuillère en argent doré avec manche en porcelaine de Saxe.

317 — Couteau à deux lames avec manche en nacre, monture or Louis XVI.

318 — Couteau manche en nacre, monture argent Louis XVI.

319 — Bague trois corps enrichie d'un rubis, une perle, un brillant et de roses.

320 — Bague ornée d'une émeraude entourée de roses.

321 — Deux bagues forme double serpent en or mat, enrichies d'un brillant et d'un rubis.

322 — Garniture de cheminée en cuivre poli : pendule et deux candélabres.

323 — Quatre bracelets égyptiens en argent doré, enrichis de pierres fines.

324 — Album à photographies sur chevalet.

325 — Service de vingt-quatre fourchettes de chasse, avec manches en ivoire teintés vert. Époque fin Louis XVI.

www.ingramcontent.com/pod-product-compliance
Ingram Content Group UK Ltd.
Pitfield, Milton Keynes, MK11 3LW, UK
UKHW021959260726
13994UKWH00004B/1844

9 782329 393438